CARLOS TRILLO EDUARDO RISSO

Lune Rouge

T.2 : LE CIRQUE À L'ATTAQUE

ERKO

LUNE ROUGE

T.2 : Le cirque à l'attaque

ISBN : 90-77001-77-8
53 8744 4

Dépôt légal : août 2005

Imprimé en Slovénie par SAF - Tiskarna Koper

ARRIVONS-NOUS BIENTÔT, CAPITAINE?
OUI.
JE NE CROIS PAS QUE NOUS POURRONS DÉBARQUER À BURIEN, MA PETITE.
COMMENT ? POURQUOI ? VOUS AVIEZ PROMIS...
NOUS VOUS AVONS PAYÉ !
C'EST VRAI, MAIS... TU VOIS, LÀ-BAS, SUR LA CÔTE ?
DES LUMIÈRES?
DES FEUX.
JE CRAINS QUE DES CHOSES TERRIBLES NE SE PASSENT À BURIEN. LES CHAMPS ET LES MAISONS SONT EN FLAMMES.
OH ! MON DIEU, NON ! TOUT CE QUE J'AI DE PLUS CHER EST LÀ-BAS !
J'EXIGE QUE VOUS NOUS DÉBARQUIEZ COMME CONVENU!
TU RÊVES !
1

NOUS ALLONS DEVOIR JETER L'ANCRE DANS UN PORT DE LA MARCHE.
MAIS C'EST BIEN TROP LOIN! MON PÈRE A BESOIN DE MON AIDE TOUT DE SUITE!
NE LES LAISSE PAS FAIRE, BRAN! ATTAQUE!
BRAN!
COMMENT ÇA, TU NE PEUX RIEN FAIRE?
ARRÊTE DE HAUSSER LES ÉPAULES COMME UN BENÊT !
ET TOI, ANTOLIN?!
SORS TON ÉPÉE TOUT DE SUITE ET DIS-LEUR D'OBÉIR À MES ORDRES !
2

HUMF! NOUS Y VOILÀ ! CE PORT DE LA MARCHE EST VRAIMENT POUILLEUX !
DU CALME, LUNE...
COMMENT VEUX-TU QUE JE ME CALME AVEC DEUX LÂCHES COMME VOUS À MES CÔTÉS ?!
NE SOIS PAS INJUSTE. DÉBARQUER À BURIEN ÉTAIT DANGEREUX, ET DE PLUS...
...DE PLUS, IL ÉTAIENT BIEN VINGT MARINS. SI J'AVAIS TIRÉ MON ÉPÉE, ILS NOUS AURAIENT DÉCOUPÉS EN RONDELLES.
SALUT, CAPITAINE! VOUS NE FAISIEZ PAS VOILE VERS BURIEN?
OUI, MAIS J'AI VU LES FEUX. J'AI PRÉFÉRÉ ACCOSTER ICI.
SAGE DÉCISION. IL SE PASSE DES CHOSES HORRIBLES LÀ-BAS.
JE SUIS TOUTE OUÏE.
3

D'ABORD, LE SEIGNEUR DE LÉONA S'EST DÉCLARÉ MAÎTRE DE TOUT LE DOMAINE.
PUIS IL A ENVOYÉ SES HOMMES OCCUPER LES CHAMPS CULTIVABLES.
LES VILLAGEOIS DE BURIEN ONT VOULU DÉFENDRE LEURS TERRES. LES SOLDATS ONT TUÉ LEUR BÉTAIL, DÉTRUIT LEURS SEMENCES...
... ET FAIT DE CE PAYS AUTREFOIS PROSPÈRE UNE VALLÉE DE LARMES.
ON DIT QU'IL RESTE DES POCHES DE RÉSISTANCE DANS LES COLLINES, CE QUI A POUSSÉ LE SEIGNEUR DE LÉONA À RENFORCER ENCORE SES TROUPES AVEC DES MERCENAIRES DE VÉLÉNA.
C'EST UN GRAND MALHEUR, VRAIMENT.
OH, MON PAPA.
OH, MA BURIEN.
OH.

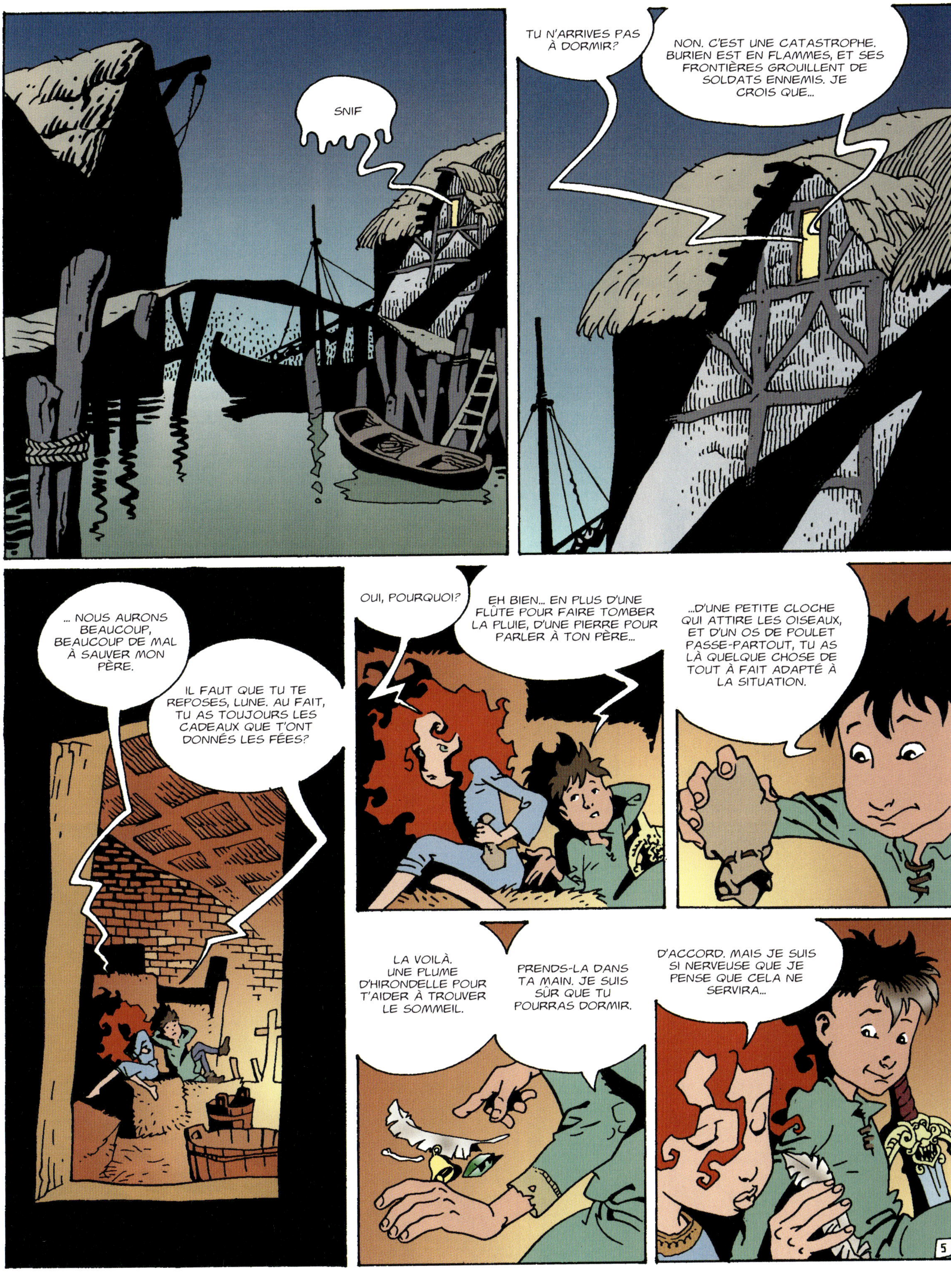
SNIF
TU N'ARRIVES PAS À DORMIR?
NON. C'EST UNE CATASTROPHE. BURIEN EST EN FLAMMES, ET SES FRONTIÈRES GROUILLENT DE SOLDATS ENNEMIS. JE CROIS QUE...
... NOUS AURONS BEAUCOUP, BEAUCOUP DE MAL À SAUVER MON PÈRE.
IL FAUT QUE TU TE REPOSES, LUNE. AU FAIT, TU AS TOUJOURS LES CADEAUX QUE T'ONT DONNÉS LES FÉES?
OUI, POURQUOI?
EH BIEN... EN PLUS D'UNE FLÛTE POUR FAIRE TOMBER LA PLUIE, D'UNE PIERRE POUR PARLER À TON PÈRE...
...D'UNE PETITE CLOCHE QUI ATTIRE LES OISEAUX, ET D'UN OS DE POULET PASSE-PARTOUT, TU AS LÀ QUELQUE CHOSE DE TOUT À FAIT ADAPTÉ À LA SITUATION.
LA VOILÀ. UNE PLUME D'HIRONDELLE POUR T'AIDER À TROUVER LE SOMMEIL.
PRENDS-LA DANS TA MAIN. JE SUIS SÛR QUE TU POURRAS DORMIR.
D'ACCORD. MAIS JE SUIS SI NERVEUSE QUE JE PENSE QUE CELA NE SERVIRA...
5

... A
RRRRRRRRRRRRRRRRR
ÇA
MARCHE.
RON...RON
...RON...
OUF
RON...RON
RON
ET MAINTENANT, C'EST MOI L'INSOMNIAQUE.
PEUT-ÊTRE QUE SI JE TIENS LE BOUT DE PLUME QUI DÉPASSE DE SA MAIN, JE M'ENDORMIRAI AUSSI.
VOYONS VOIR.
ZZZZZ

KREK
ZZZZZZ
OUILLE!
7

OH.
!?
AAH!
MON DIEU, OÙ SUIS-JE ?
ANTOLIN!
TU PEUX ME DIRE CE QUE TU FAIS DANS MON RÊVE ?
MOI ? EUH... JE NE SAIS PAS.
EH BIEN MOI, SI. ALORS VIENS PAR ICI.
JE DOIS ACCOMPLIR UNE MISSION DE LA PLUS HAAUUUTE IMPORTANCE.
?
8

AH? ET EN QUOI CONSISTE CETTE MISSION SIIII IMPORTANTE?
UN PEU PLUS BAS SUR LA ROUTE, J'AI RENCONTRÉ UN ÂNE TRÈS SYMPATHIQUE ATTELÉ À UNE CARRIOLE. IL M'A DONNÉ CE MESSAGE...
...ET M'A DEMANDÉ DE LE LIVRER LÀ-HAUT, TU VOIS? A UN HOMME QUI S'APPELLE OGIER.
ON DIRAIT BIEN QUE C'EST UNE COURSE URGENTE, ALORS TU FERAIS MIEUX DE TE DÉPÊCHER,.
MAIS... TU AS PARLÉ À UN ÂNE?
EVIDEMMENT, BÊTA. DANS LES RÊVES, LES ANIMAUX PEUVENT PARLER.
NE REGARDE PAS EN BAS. TU RISQUES D'AVOIR LE VERTIGE.
OU-OUI, C'EST DÉJÀ LE CAS. GLOUP.
9

JE NE VOIS PERSONNE.
NOUS DEVRIONS DEMANDER À CETTE DAME DANS LE POT DE FLEURS.
BONJOUR, MADAME. POURRIEZ-VOUS ME DIRE OÙ JE PEUX TROUVER MONSIEUR OGIER?
ELLE NE PREND MÊME PAS LA PEINE DE RÉPONDRE, ANTOLIN.
PARCE QU'ELLE S'EST ÉVANOUIE. PAUVRE CUNÉGONDE! MAIS NE VOUS INQUIÉTEZ PAS...
...JE SUIS OGIER.
OUAH! DANS CE RÊVE, MÊME LES ARBRES PARLENT.
NOUS VOUS AVONS APPORTÉ CE MESSAGE DE LA PART DE L'ÂNE EN BAS DE LA ROUTE.
ET NOUS DEVONS PARTIR DE TOUTE URGENCE, PARCE QUE...
... NOTRE SOUPE VA REFROIDIR.
ATTENDEZ, C'EST UN ORDRE!
POUR DEUX RAISONS!
D'ABORD, PARCE QUE VOUS ALLEZ PRENDRE CE SEAU ET ARROSER CUNÉGONDE.
JE... JE M'EN OCCUPE, MONSIEUR OGIER.
10

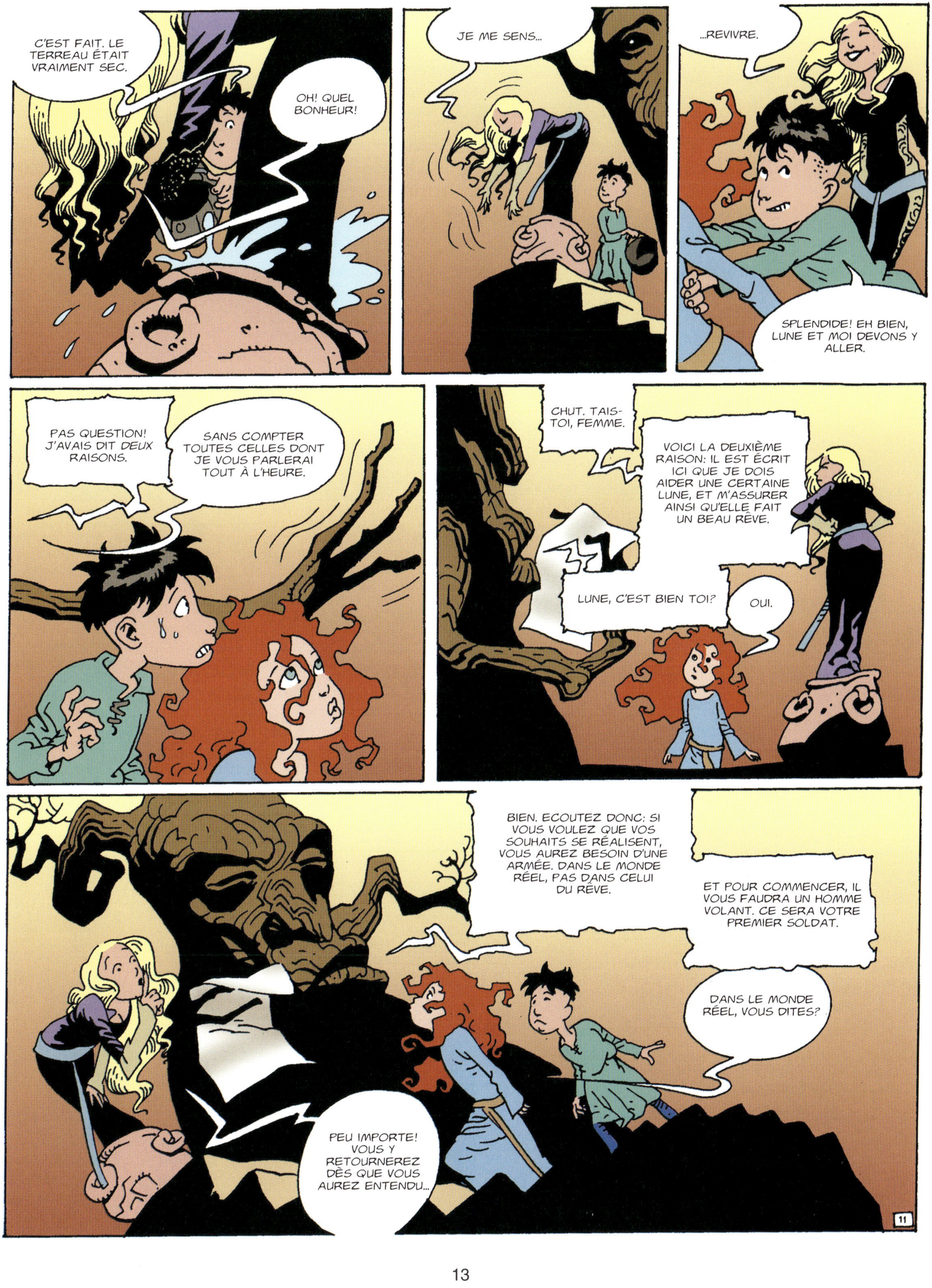
C'EST FAIT. LE TERREAU ÉTAIT VRAIMENT SEC.
OH! QUEL BONHEUR!
JE ME SENS...
...REVIVRE.
SPLENDIDE! EH BIEN, LUNE ET MOI DEVONS Y ALLER.
PAS QUESTION! J'AVAIS DIT DEUX RAISONS.
SANS COMPTER TOUTES CELLES DONT JE VOUS PARLERAI TOUT À L'HEURE.
CHUT. TAIS-TOI, FEMME.
VOICI LA DEUXIÈME RAISON: IL EST ÉCRIT ICI QUE JE DOIS AIDER UNE CERTAINE LUNE, ET M'ASSURER AINSI QU'ELLE FAIT UN BEAU RÊVE.
LUNE, C'EST BIEN TOI?
OUI.
BIEN. ECOUTEZ DONC: SI VOUS VOULEZ QUE VOS SOUHAITS SE RÉALISENT, VOUS AUREZ BESOIN D'UNE ARMÉE. DANS LE MONDE RÉEL, PAS DANS CELUI DU RÊVE.
ET POUR COMMENCER, IL VOUS FAUDRA UN HOMME VOLANT. CE SERA VOTRE PREMIER SOLDAT.
DANS LE MONDE RÉEL, VOUS DITES?
PEU IMPORTE! VOUS Y RETOURNEREZ DÈS QUE VOUS AUREZ ENTENDU...
11

...LA CHOSE LA PLUS IMPORTANTE QUE JE DOIS VOUS DIRE!
ATTENDS, CUNÉGONDE. LAISSE-MOI D'ABORD ÉCOUTER L'ARBRE.
VEUX-TU BIEN M'EXPLIQUER QUELQUE CHOSE, OGIER? IL ME SEMBLE QU'AUCUN HOMME...
... NE PEUT VOLER DANS LE MONDE RÉEL.
HÉ, PETITE! TU M'ENTENDS?
HEIN? QUE...?
DÉSOLÉ DE VOUS RÉVEILLER TOI ET TON AMI, MAIS..
...ON M'A DIT QUE VOUS ALLIEZ DE VILLAGE EN VILLAGE, POUR PRÉSENTER DES SPECTACLES D'ILLUSIONNISME ET D'ACROBATIES...
J'AIMERAIS ME JOINDRE À VOUS.
JE PEUX VOLER.
12

QUOI?
VOUS AVEZ BIEN ENTENDU. JE PEUX VOLER.
SI VOUS VENEZ À LA TOUR DE LA MARCHE À MINUIT, JE POURRAI VOUS EN FAIRE UNE DÉMONSTRATION.
NE LA RATEZ PAS.
VENEZ, LES GARS.
ALORS, CE QUE L'HOMME-ARBRE M'A DIT DANS MON RÊVE ÉTAIT VRAI.
OUI, JE SAIS. J'ÉTAIS LÀ AUSSI.
MAIS PERSONNE NE PEUT VOLER.
IL SE MOQUE DE NOUS.
JE NE SAIS PAS, MAIS NOUS IRONS À LA TOUR POUR NOUS EN RENDRE COMPTE.
ET MAINTENANT, UTILISONS UN PEU DE L'ARGENT QUI NOUS RESTE...
...POUR ALLER À L'AUBERGE ET COMMANDER UN GRAND PETIT-DÉJEUNER.
HÉ! ATTENDS-MOI!
13

ENFIN ! LUNE ! JE T'AI CHERCHÉE TOUTE LA JOURNÉE !
TU T'ES RÉVEILLÉE SANS M'ENTENDRE. HEUF. PEUF.

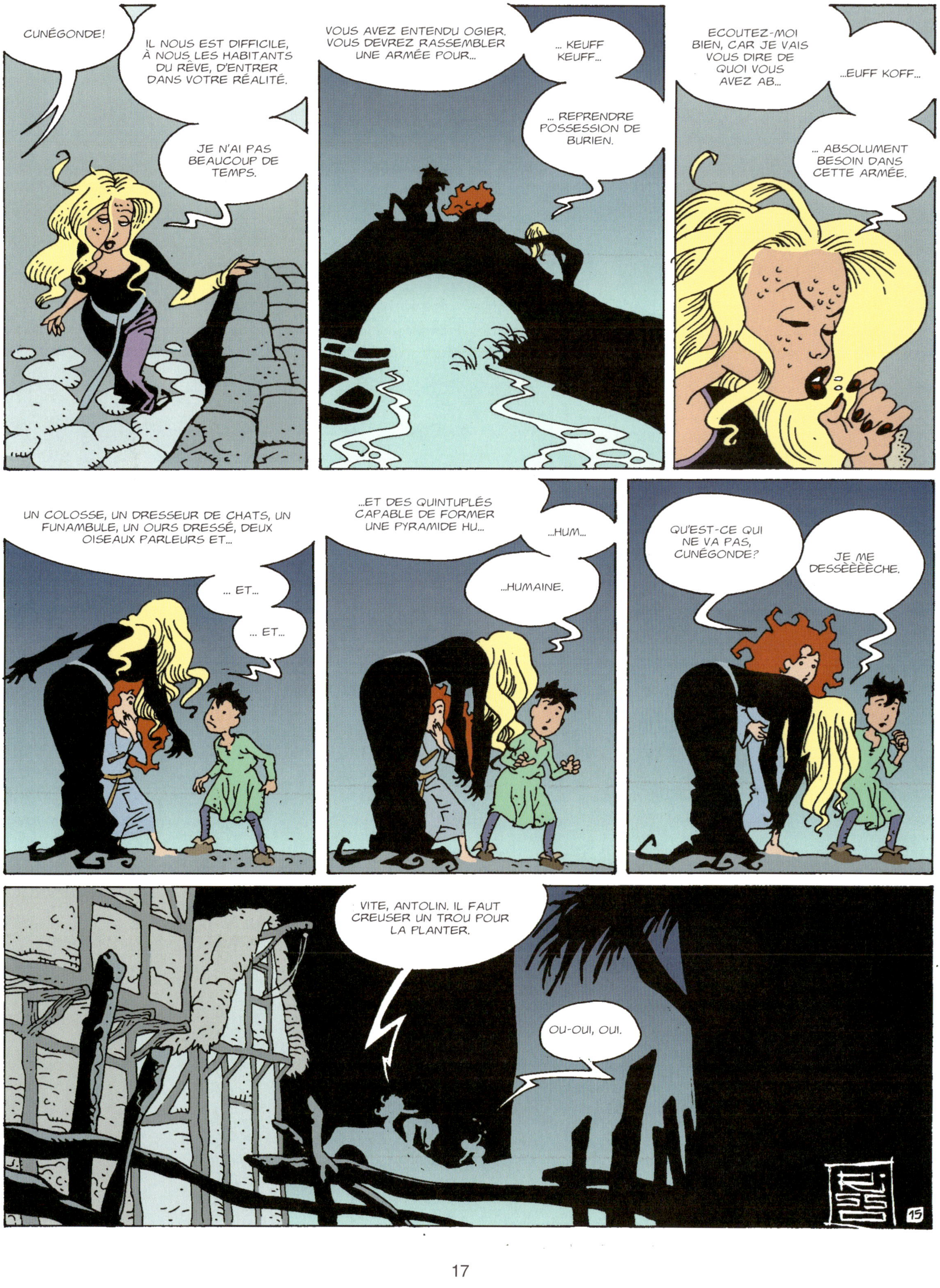
CUNÉGONDE!
IL NOUS EST DIFFICILE, À NOUS LES HABITANTS DU RÊVE, D'ENTRER DANS VOTRE RÉALITÉ.
JE N'AI PAS BEAUCOUP DE TEMPS.
VOUS AVEZ ENTENDU OGIER. VOUS DEVREZ RASSEMBLER UNE ARMÉE POUR...
... KEUFF KEUFF...
... REPRENDRE POSSESSION DE BURIEN.
ECOUTEZ-MOI BIEN, CAR JE VAIS VOUS DIRE DE QUOI VOUS AVEZ AB...
...EUFF KOFF...
... ABSOLUMENT BESOIN DANS CETTE ARMÉE.
UN COLOSSE, UN DRESSEUR DE CHATS, UN FUNAMBULE, UN OURS DRESSÉ, DEUX OISEAUX PARLEURS ET...
... ET...
... ET...
...ET DES QUINTUPLÉS CAPABLE DE FORMER UNE PYRAMIDE HU...
...HUM...
...HUMAINE.
QU'EST-CE QUI NE VA PAS, CUNÉGONDE?
JE ME DESSÈÈÈÈCHE.
VITE, ANTOLIN. IL FAUT CREUSER UN TROU POUR LA PLANTER.
OU-OUI, OUI.
15

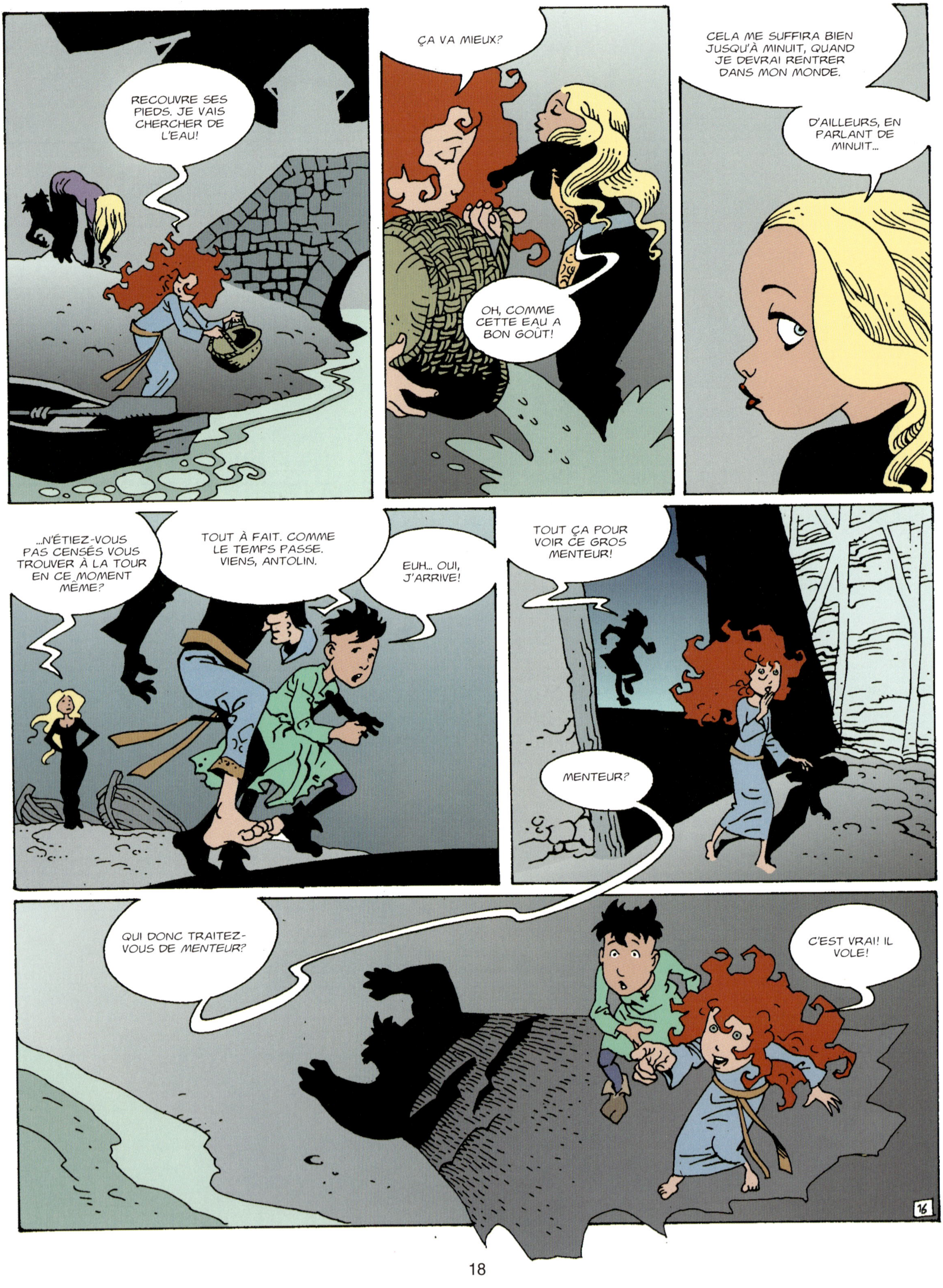
RECOUVRE SES PIEDS. JE VAIS CHERCHER DE L'EAU!
ÇA VA MIEUX?
OH, COMME CETTE EAU A BON GOÛT!
CELA ME SUFFIRA BIEN JUSQU'À MINUIT, QUAND JE DEVRAI RENTRER DANS MON MONDE.
D'AILLEURS, EN PARLANT DE MINUIT...
...N'ÉTIEZ-VOUS PAS CENSÉS VOUS TROUVER À LA TOUR EN CE MOMENT MÊME?
TOUT À FAIT. COMME LE TEMPS PASSE. VIENS, ANTOLIN.
EUH... OUI, J'ARRIVE!
TOUT ÇA POUR VOIR CE GROS MENTEUR!
MENTEUR?
QUI DONC TRAITEZ-VOUS DE MENTEUR?
C'EST VRAI! IL VOLE!
16

HO HO HO!
REGARDEZ-MOI PLANER!
C'EST IMPOSSIBLE!
NE DIRAIT-ON PAS UN AIGLE?
JE DIRAIS PLUTÔT UN GROS VER.
OUAH!
SCATOR...
... NOUS NE POUVONS PLUS TENIR, SCATOR.
HÉ! NE LÂCHEZ PAS MAINTENANT, IDIOTS!
NOUS SOMMES À BOUT DE FOR...
... CES.
AAHHHH
HHHH
QU'EST-CE QUI SE PASSE?
IL SE PASSE QUE NOUS SOMMES FAIBLES ET AFFAMÉS, GENTE DEMOISELLE.
ET SCATOR EST SI LOURD...
...QUE NOUS NE POUVIONS PLUS LE MAINTENIR EN L'AIR.
UNE CORDE PEINTE EN NOIR. JE COMPRENDS MAINTENANT...
17

...VOILÀ DONC VOTRE SECRET. VOUS VOUS FAITES PASSER POUR UN HOMME VOLANT, MAIS SEULEMENT DANS L'OBSCURITÉ.
NE LE PRENEZ PAS COMME ÇA. UNE ILLUSION RESTE UNE ILLUSION. DE PLUS, JE SUIS PRÊT À PARIER MA CHEMISE...
...QUE VOUS NE TROUVEREZ PERSONNE POUR FAIRE CE NUMÉRO MIEUX QUE MOI.
C'EST CE QUE VOUS DITES, MAIS VOUS N'AVEZ JAMAIS VU MON PETIT COMPAGNON À L'ŒUVRE!
MONTRE-LEUR, BRAN!
VOUS VOYEZ, SCATOR? IL VOLE VRAIMENT.
HEUM...
OH! J'OUBLIAIS DE VOUS DIRE QUE MOI SEULE PEUT LE VOIR.
AH.
MOUAIS.
PETITE EMBOBINEUSE.
AH!
QUI...?
VOUS APPRENDREZ À VOS DÉPENS QUE BRAN N'AIME PAS QU'ON METTE SON EXISTENCE EN DOUTE, SCATOR.
18

MAINTENANT, RÉPONDEZ À MA QUESTION...
...SI VOUS NE POUVEZ VOLER QUE LA NUIT, QUE POUVEZ-VOUS FAIRE EN PLEIN JOUR?
EH BIEN, JE...
...JE PEUX CASSER DES CAILLOUX AVEC MA TÊTE.
DES CAILLOUX? COMME CELUI-CI?
N'IMPORTE.
CRAK
SPLENDIDE!
MESDAMES ET MESSIEURS! DANS NOTRE SPECTACLE DE CE SOIR, VOUS VERREZ UN HOMME DONT LA TÊTE PEUT BRISER LE ROC!
MERCI POUR VOS APPLAUDISSEMENTS, CHER PUBLIC.
VOUS POURREZ ÉGALEMENT ADMIRER UN FARFADET INVISIBLE QUE PERSONNE N'A JAMAIS VU...
BRAN EST LÀ, GROS MALIN!
19

POUR Y CROIRE, IL VOUS FAUDRA UN FOI À TOUTE ÉPREUVE.
ET SI TOUT CELA NE SUFFIT PAS...
... NOTRE FLÛTISTE FERA TOMBER LA PLUIE POUR VOUS SUR COMMANDE...
FIIUUFUUU
HUM.
J'AI DIT *HUM?*
AVEC EN ATTRACTION VEDETTE, LES SAUTS PÉRILLEUX DU GRAND ANTOLIN!
HOP!
HÉ! QU'EST-CE QUI T'ARRIVE, LUNE?
C'EST SANS ESPOIR.
SI NOUS VOULONS RÉCUPÉRER BURIEN ET SAUVER MON PAPA, NOUS DEVRONS ÊTRE BEAUCOUP PLUS NOMBREUX.
ET OÙ ALLONS-NOUS TROUVER TOUT CE MONDE?
20

EH BIEN... ESSAYONS DE NOUS SOUVENIR: SELON CUNÉGONDE, NOUS AVONS BESOIN DE CERTAINES PERSONNES BIEN PRÉCISES.
OUI, IL NOUS FAUT UN COLOSSE, UNE PYRAMIDE HUMAINE DE QUINTUPLÉS, UN FUNAMBULE, UN OURS DRESSÉ, DEUX OISEAUX PARLEURS... ET COMME SI CELA NE SUFFISAIT PAS...
... UN DRESSEUR DE CHATS!
LES PREMIERS VONT DÉJÀ ÊTRE DIFFICILES À TROUVER!
MAIS DRESSER DES CHATS? C'EST IMPOSSIBLE!
TU EN ES SÛRE?
OOH...
?
UN INSTANT, GENTE DAME. JE DOIS VOUS PARLER!
A MOI?
PELOTON, HALTE!
REPOS!
21

QUE VEUX-TU, MA PETITE?
VOUS POSER UNE QUESTION. SAVEZ-VOUS...
... DRESSER DES CHATS?
AH! C'EST À MOI QUE VOUS LE DEMANDEZ?
RAPATOU! A TOI DE TIRER LE CHARIOT.
ET TOI, BLAISE PASCAL, TU SERAS LE PASSAGER!
SOPHIA, FILAINE ET BOUTON!... A TRAVERS LE CERCEAU!
HOP!
HOP!
HOP!
22

HALTE!
JE PENSE AVOIR RÉPONDU À TA QUESTION, FILLETTE.
LUNE. JE M'APPELLE LUNE.
ET MOI, BERTILLE. ENCHANTÉE.
JE VOUS PRÉSENTE SCATOR - L'HOMME VOLANT DONT LA TÊTE PEUT BRISER LE ROC, ET ANTOLIN - LE GARÇON AUX MILLE SAUTS PÉRILLEUX.
AH, VOTRE CHAT EST EN TRAIN DE MENACER BRAN...
...MON AMI INVISIBLE. ON DIRAIT QUE VOS CHATS NE L'AIMENT PAS BEAUCOUP.
OHO! VOUS M'AVEZ TOUT L'AIR D'UN VRAI CIRQUE AMBULANT.
VRAIMENT? ET VOUS, ALORS, BERTILLE?
JE SUPPOSE QUE MOI AUSSI.
EN FAIT, MON MARI A EMBARQUÉ SUR UN NAVIRE MARCHAND...
...ET IL NE REVIENDRA PAS AVANT UN AN OU DEUX.
COMME EN SON ABSENCE, J'ÉTAIS MORTE D'ENNUI...
...J'AI DÉCIDÉ DE M'OCCUPER EN L'ATTENDANT.
J'AI COMMENCÉ PAR DRESSER DES CHIENS, MAIS C'ÉTAIT BIEN TROP FACILE.
ENSUITE, DES PUCES, MAIS C'ÉTAIT STUPIDE.
PAR CONTRE, LES CHATS SONT VRAIMENT DIFFICILES À DRESSER. DU COUP, ILS SONT BIEN PLUS DISTRAYANTS.
JE VOUS PROPOSE QUELQUE CHOSE DE TOUT À FAIT DIVERTISSANT, QUI NE DEVRAIT PAS PRENDRE PLUS DE HUIT OU DIX MOIS. VOULEZ-VOUS VOUS JOINDRE À NOTRE SPECTACLE DE MAGIE?
23

CE SERAIT UN PLAISIR. ET MES PETITS AMIS SERAIENT RAVIS.
NOUS CHERCHONS D'AUTRES ARTISTES POUR COMPLÉTER NOTRE TROUPE.
BONSOIR. LAQUELLE D'ENTRE VOUS EST LUNE?
OH.
C'EST MOI.
LE BRUIT COURT QUE VOUS CHERCHEZ DES NUMÉROS POUR VOTRE CIRQUE.
C'EST VRAI! QUEL EST VOTRE TALENT? FUNAMBULE, PEUT-ÊTRE?
NON.
VOUS FAITES PARTIE D'UNE PYRAMIDE HUMAINE?
NON PLUS.
VOUS ÊTES DRESSEUR D'OURS?
NON, DU TOUT.
VOUS NE VOYEZ DONC PAS, MA PETITE?
JE SUIS L'HOMME LE PLUS FORT DU MONDE!
!?
24

HUM.
PFFF.
VOUS? UN COLOSSE? HI HI!
HA HA HA
- SOUPIR -
C'EST TOUJOURS LA MÊME CHOSE.
SI VOUS VOULEZ BIEN M'ACCORDER UN INSTANT...
QU'EST-CE QU'IL FAIT?
JE NE SAIS PAS. ON DIRAIT QU'IL S'EST ENTICHÉ DE CET ARBRE.
KRACK
ALORS?
THUD
25

HOC!
VOUS ME CROYEZ, MAINTENANT, OÙ IL FAUT QUE JE ME FÂCHE?
HOC
HOC
NON NON, NE VOUS FÂCHEZ PAS.
NOUS VOUS CROYONS, VRAIMENT.
TRÈS BIEN. JE M'APPELLE FASSAFRAISIER.
FASSA... QUOI?
HA HA.
ET JE VOUS PRÉVIENS QUE JE SUIS DEVENU UN HOMME FORT POUR QUE LES GENS CESSENT DE TOURNER MON NOM EN RIDICULE.
OH.
NOTRE GROUPE EST PRESQUE AU COMPLET, BRAN. ET SI NOUS NOUS METTIONS EN ROUTE POUR BURIEN?
AH, D'ACCORD.
QU'A-T-IL DIT?
QUE NOUS DEVONS TROUVER D'AUTRES MEMBRES DE NOTRE CIRQUE-ARMÉE.
ET QUE SI NOUS NOMMONS LES MEMBRES DE LA TROUPE QUI NOUS MANQUENT, ILS APPARAÎTRONT.
IL SUFFIT DE LES NOMMER?
26

TON AMI EST UN VRAI FARCEUR!
SUIVONS SON CONSEIL. NOUS N'AVONS QU'À PARLER DE CE QUI NOUS MANQUE ET NOUS VERRONS BIEN CE QUI SE PASSE.
JE COMMENCE.
IL NOUS FAUT DES QUINTUPLÉS CAPABLES DE FORMER UNE PYRAMIDE HUMAINE.
BEN VOYONS. ET DEUX OISEAUX PARLEURS.
ET UN OURS DRESSÉ.
GRRRR
RRROARRK
AAH!
HÉ! ON AVAIT DIT DRESSÉ!
?
!
27

JE SUIS UN OURS DRESSÉ.
ET OÙ EST VOTRE MAÎTRE?
JE N'EN AI PAS.
D'ACCORD, MAIS QUI VOUS A DRESSÉ?
JE SUIS UN OURS DRESSÉ INDÉPENDANT.
JE NE SUPPORTE PAS LES ORDRES.
ÇA ME REND NERVEUX.
DONC, VOUS VOUS ÊTES DRESSÉ VOUS-MÊME. C'EST LOUABLE, NON?
PAS BANAL, JE DIRAIS.... MAIS BIEN!
28

L'EAU ÉTAIT EXCELLENTE!
JE DEVRAIS TROUVER UN ENDROIT POUR SÉCHER MA ROBE. HUM, VOYONS...
?
J'AI TENDU UNE CORDE POUR Y SUSPENDRE MA VESTE. PASSE-MOI TA ROBE, IL Y A ENCORE DE LA PLACE.
ANTOLIN, ARRÊTE DE REGARDER! JE SUIS À MOITIÉ NUE.
PARDON, JE N'AVAIS PAS FAIT ATTENTION.
(C'EST ENCORE PIRE. IL S'EN MOQUE.)
PLAF
ATTRAPE.
ET TOI, BRAN, RETOURNE-TOI, ESPÈCE DE VOYEUR!
29

OUF
MAINTENANT, J'AI FROID.
TIENS.
TAC TAC TAC TAC TAC
C'EST LA COUVERTURE DE BERTILLE.
ELLE A SES CHATS POUR LUI TENIR CHAUD.
TA ROBE DEVRAIT ÊTRE SÈCHE AU LEVER DU JOUR
- SOUPIR -
30

QUELQUE CHOSE NE VA PAS?
PENDANT UN INSTANT, J'AI PENSÉ À MON PÈRE, ENFERMÉ DANS LES CACHOTS DE BURIEN.
JE ME DEMANDE S'IL A AU MOINS UNE COUVERTURE.
CE MAUDIT SEIGNEUR DE LÉONA LUI DONNE-T-IL SEULEMENT À MANGER, OU LUI JETTE-T-IL DES QUIGNONS DE PAIN DÉJÀ RONGÉS PAR LES RATS?
ÇA VA, PAPA?
TIENS BON, JE T'EN PRIE. JE SUIS EN TRAIN DE RASSEMBLER UNE ARMÉE POUR TE SAUVER.
TU CROIS QU'IL M'ENTENDS?
TA MÈRE T'A DIT QUE OUI. TU SAIS BIEN QUE LES FÉES NE MENTENT JAMAIS.
C'EST VRAI. ON DIT QUE SI UNE FÉE MENT, ELLE SE CHANGE EN CHAMPIGNON VÉNÉNEUX.
OUF. QUEL SOULAGEMENT.
JE VAIS TE DIRE QUELQUE CHOSE, MAIS TU DOIS PROMETTRE DE NE PAS SOURIRE COMME UN IDIOT.
OUI?
C'EST BON D'AVOIR UN AMI PRÈS DE SOI, ANTOLIN.
J'AI EU BEAUCOUP DE CHANCE DE TE RENCONTRER.
MA FOI... JE...
31

QUEL EST CE BRUIT, BRAN?
OU ÇA, UN VOLEUR?
LÀ!!! IL A PRIS LE SAC DE SCATOR AVEC TOUTES NOS PROVISIONS!!!
!?
ROAAR
OH.
OH.
NON, NON.
DITES À CETTE BÊTE D'ARRÊTER!
JE VOUS EN PRIE! JE FERAI TOUT CE QUE VOUS VOULEZ.
GRRRRR
C'EST VRAI? TOUT CE QUE NOUS VOULONS?
CHUT... DU CALME, PETIT OURSON.
C'EST PARFAIT. NOUS AVIONS JUSTEMENT BESOIN....
... D'UN FUNAMBULE.
32

LE TRAVAIL AVANCE, BRAN.
CE SERA LE MEILLEUR SPECTACLE ITINÉRANT QUE LE MONDE AIT JAMAIS VU.
ET J'ESPÈRE QUE TOUS CEUX QUI Y PARTICIPENT FERONT EN TEMPS UTILE UNE PUISSANTE ARMÉE QUI M'AIDERA À LIBÉRER PAPA.
JE NE SUIS QU'À MOITIÉ CONTENTE.
IL NOUS MANQUE ENCORE DES PERSONNAGES PEU ORDINAIRES.
J'AI BEAU LES NOMMER : UNE PYRAMIDE HUMAINE DE QUINTUPLÉS, DEUX OISEAUX PARLEURS... JE DOUTE QUE DE TELLES CHOSES EXISTENT.
PARDON, PETITE. OUFF.
VOUS VOULEZ BIEN ME TENIR CES BÛCHES? SANS LES FAIRE TOMBER, ATTENTION.
JE NE PEUX PAS TOUT PORTER D'UN COUP.
!
MERCI! JE REVIENS TOUT DE SUITE.
HEUH... ELLES PÈSENT LEUR...
...POIDS.
ET PAS QU'UN PEU.
33

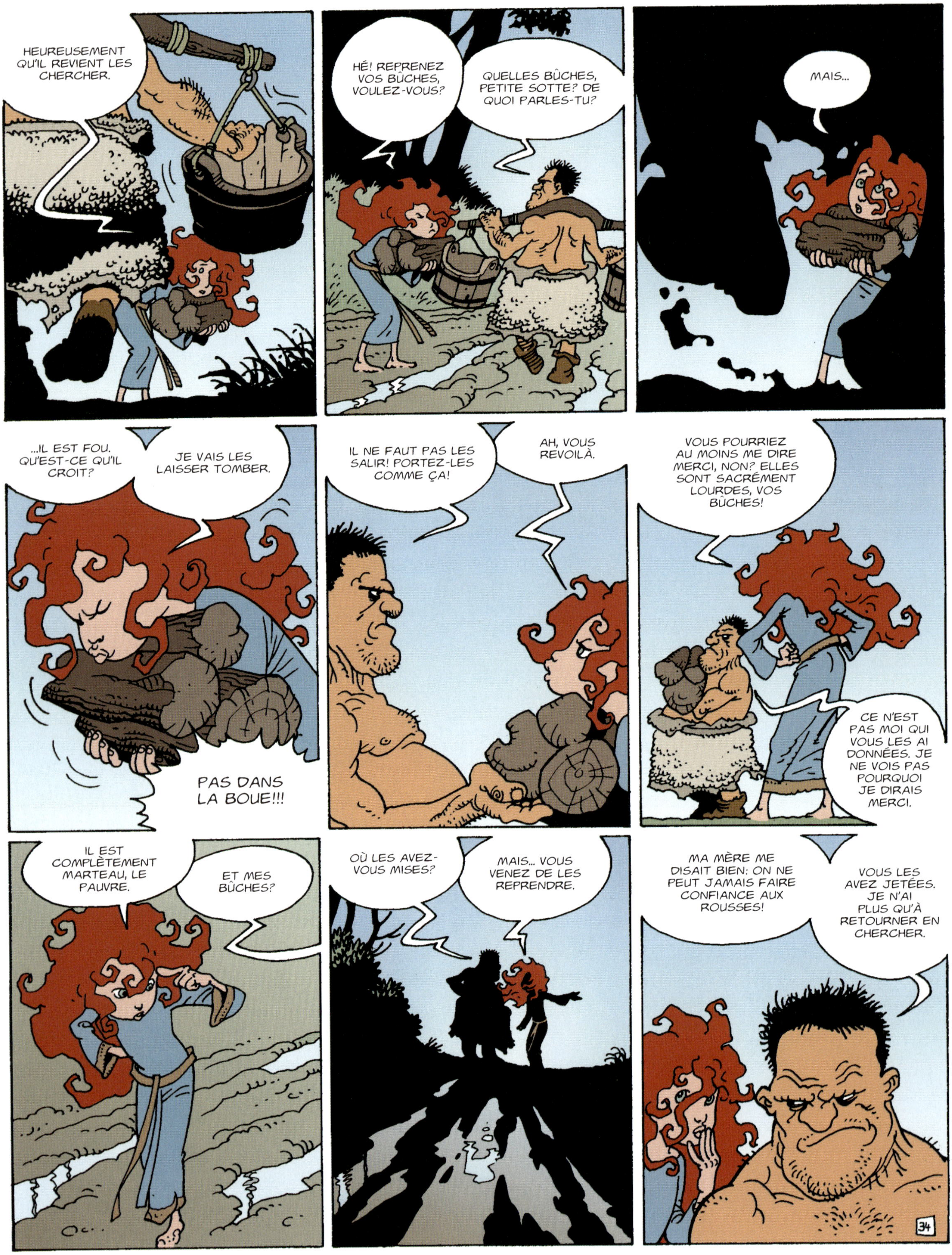
HEUREUSEMENT QU'IL REVIENT LES CHERCHER.
HÉ! REPRENEZ VOS BÛCHES, VOULEZ-VOUS?
QUELLES BÛCHES, PETITE SOTTE? DE QUOI PARLES-TU?
MAIS...
...IL EST FOU. QU'EST-CE QU'IL CROIT?
JE VAIS LES LAISSER TOMBER.
PAS DANS LA BOUE!!!
IL NE FAUT PAS LES SALIR! PORTEZ-LES COMME ÇA!
AH, VOUS REVOILÀ.
VOUS POURRIEZ AU MOINS ME DIRE MERCI, NON? ELLES SONT SACRÉMENT LOURDES, VOS BÛCHES!
CE N'EST PAS MOI QUI VOUS LES AI DONNÉES. JE NE VOIS PAS POURQUOI JE DIRAIS MERCI.
IL EST COMPLÈTEMENT MARTEAU, LE PAUVRE.
ET MES BÛCHES?
OÙ LES AVEZ-VOUS MISES?
MAIS... VOUS VENEZ DE LES REPRENDRE.
MA MÈRE ME DISAIT BIEN: ON NE PEUT JAMAIS FAIRE CONFIANCE AUX ROUSSES!
VOUS LES AVEZ JETÉES. JE N'AI PLUS QU'À RETOURNER EN CHERCHER.
34

DIS-MOI, BRAN. TU NE TROUVES PAS CET HOMME BIZARRE?
ALLEZ, ÉCARTEZ-VOUS!!!
IL Y EN A QUI N'ONT RIEN D'AUTRE À FAIRE QUE DE GOBER DES MOUCHES AU MILIEU DE LA ROUTE.
TU AS RAISON. C'EST SÛREMENT ÇA.
IL N'EST PAS LE SEUL FOU DU COIN. ILS SONT DEUX...
... OU TROIS.
HOP!
HEP!
PASSE-MOI CETTE BÛCHE!
ET TOI, ENVOIE PLUS DE PAILLE!
ON FERAIT MIEUX D'ALLER VOIR CE QUI SE PASSE LÀ-BAS.
BRAN... TU AS UN ŒIL DE LYNX...
TU VOIS CE QUE JE VOIS?
35

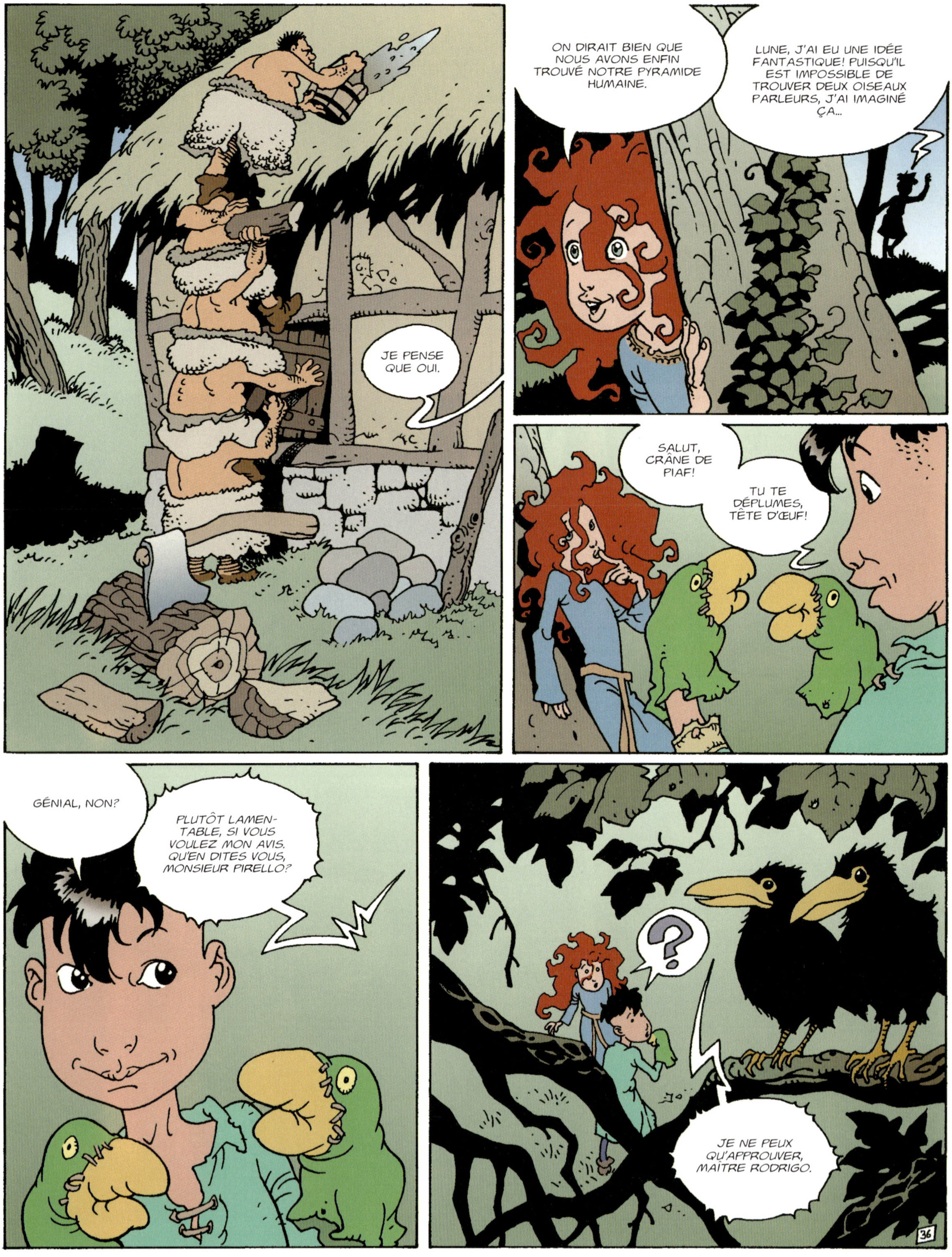
JE PENSE QUE OUI.
ON DIRAIT BIEN QUE NOUS AVONS ENFIN TROUVÉ NOTRE PYRAMIDE HUMAINE.
LUNE, J'AI EU UNE IDÉE FANTASTIQUE! PUISQU'IL EST IMPOSSIBLE DE TROUVER DEUX OISEAUX PARLEURS, J'AI IMAGINÉ ÇA...
SALUT, CRÂNE DE PIAF!
TU TE DÉPLUMES, TÊTE D'ŒUF!
GÉNIAL, NON?
PLUTÔT LAMENTABLE, SI VOUS VOULEZ MON AVIS. QU'EN DITES VOUS, MONSIEUR PIRELLO?
?
JE NE PEUX QU'APPROUVER, MAÎTRE RODRIGO.
36

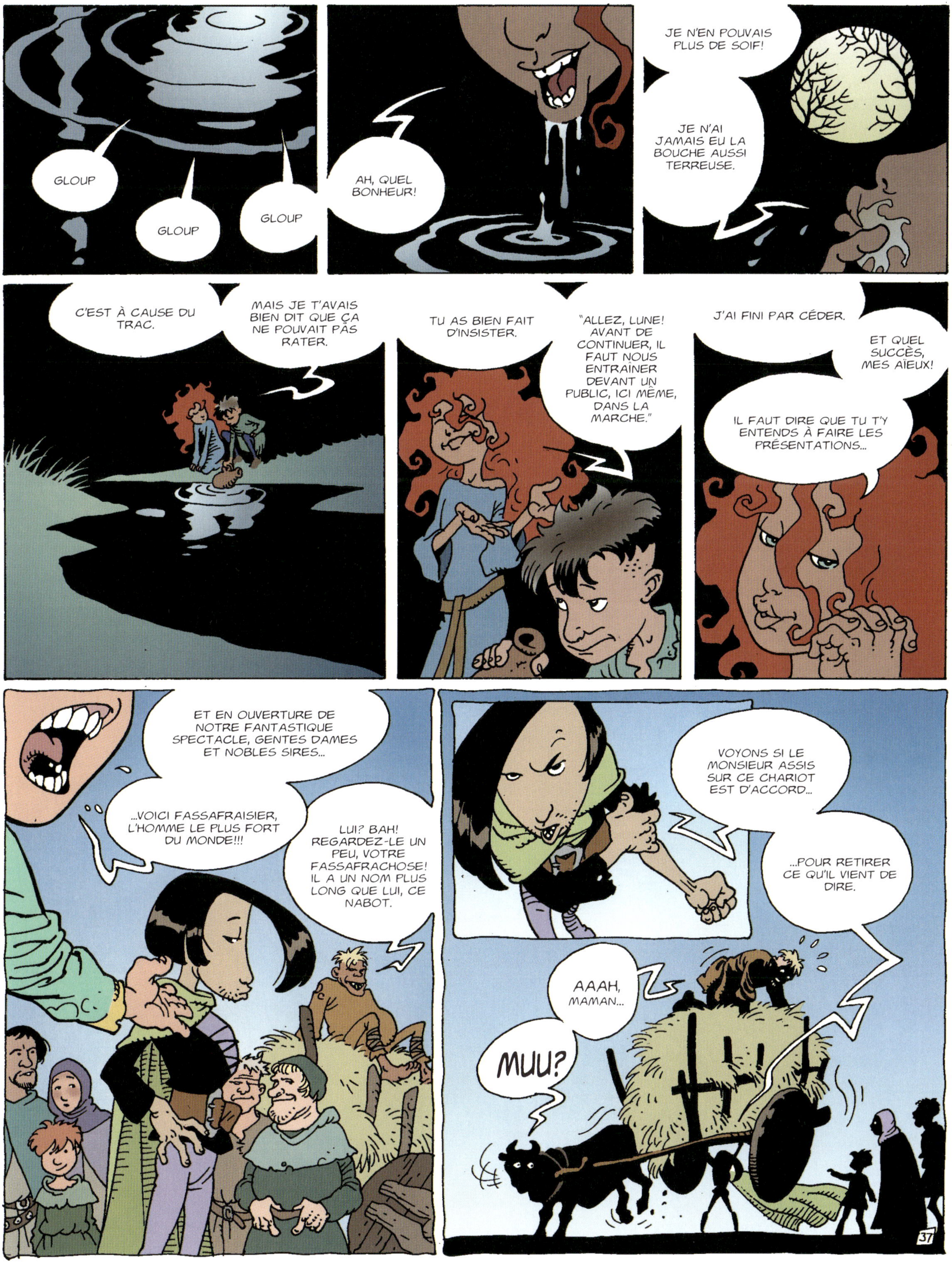
GLOUP
GLOUP
GLOUP
AH, QUEL BONHEUR!
JE N'EN POUVAIS PLUS DE SOIF!
JE N'AI JAMAIS EU LA BOUCHE AUSSI TERREUSE.
C'EST À CAUSE DU TRAC.
MAIS JE T'AVAIS BIEN DIT QUE ÇA NE POUVAIT PAS RATER.
TU AS BIEN FAIT D'INSISTER.
"ALLEZ, LUNE! AVANT DE CONTINUER, IL FAUT NOUS ENTRAÎNER DEVANT UN PUBLIC, ICI MÊME, DANS LA MARCHE."
J'AI FINI PAR CÉDER.
ET QUEL SUCCÈS, MES AÏEUX!
IL FAUT DIRE QUE TU T'Y ENTENDS À FAIRE LES PRÉSENTATIONS...
ET EN OUVERTURE DE NOTRE FANTASTIQUE SPECTACLE, GENTES DAMES ET NOBLES SIRES...
...VOICI FASSAFRAISIER, L'HOMME LE PLUS FORT DU MONDE!!!
LUI? BAH! REGARDEZ-LE UN PEU, VOTRE FASSAFRACHOSE! IL A UN NOM PLUS LONG QUE LUI, CE NABOT.
VOYONS SI LE MONSIEUR ASSIS SUR CE CHARIOT EST D'ACCORD...
...POUR RETIRER CE QU'IL VIENT DE DIRE.
AAAH, MAMAN...
MUU?
37

C'ÉTAIT UN BON DÉBUT.
ET QUAND LES CHATS DRESSÉS ONT COMMENCÉ À MARCHER DERRIÈRE NOTRE FUNAMBULE?
BRAVO!
TRÈS JOLI!
ON N'AVAIT ENCORE JAMAIS VU D'AUSSI BON SPECTACLE DANS LA MARCHE!
TU AS VU LES MINES RÉJOUIES DU PUBLIC?
KRESH
ET LEUR SURPRISE QUAND ILS ONT VU SCATOR VOLER...
ET CASSER À COUPS DE TÊTE LES ROCHERS QUE LUI ENVOYAIT L'OURS?
ET QUAND RODRIGO ET PIRELLO ONT JOUÉ LEUR PIÈCE?
J'AI BEAU EU LES ANNONCER, MÊME MOI, JE N'Y CROYAIS PAS.
TU N'AURAS LA MAIN DE MA FILLE, CHEVALIER, QUE SI TU OCCIS LE DRAGON QUI NOUS CAUSE TANT DE TROUBLES!
IL ME TARDE D'ESSAYER LE TRANCHANT DE MA LAME SUR CET INFERNAL CRACHEUR DE FEU!
OÙ TE CACHES-TU, VILE CRÉATURE, QUI TERRORISE LES HABITANTS DE LA CONTRÉE?!
MONTRE-TOI SI TU ES UN HOMME!... ENFIN, JE VEUX DIRE... UN DRAGON!
OH MON DIEU! NOOON!
38

AFFRONTER DES DRAGONS DE CARTON, TANT QUE VOUS VOULEZ! MAIS UN VRAI CHAT?!
CROOAA
HA HA HA HA HA
JE FERAIS MIEUX DE DIRE À BERTILLE DE SURVEILLER SES ANIMAUX.
OUI...
ET MAINTENANT, JE VOUDRAIS TE DEMANDER QUELQUE CHOSE...
QUEL EST LE NUMÉRO QUE TU AS PRÉFÉRÉ?
LA PYRAMIDE HUMAINE, ÉVIDEMMENT.
AHEM... C'EST VRAI?
MAIS CE N'ÉTAIT RIEN...
...À CÔTÉ DU MOMENT OÙ TU AS FAIT SONNER TA PETITE CLOCHE, ET OÙ TOUS LES OISEAUX SONT DESCENDUS DU CIEL.
VRAIMENT?
OH, BRAN.
JE SAIS QUE TES TOURS DE MAGIE ÉTAIENT TRÈS RÉUSSIS, MAIS COMMENT VEUX-TU QUE LES GENS APPLAUDISSENT S'ILS NE TE VOIENT PAS?
J'AVOUE AVOIR ÉTÉ MOINS IMPRESSIONNÉ PAR LES APPLAUDISSEMENTS...
... QUE PAR LA QUANTITÉ DE PIÈCES QU'ILS NOUS ONT DONNÉE!
FASSAFRAISIER A DÛ AIDER L'OURS À TENIR LA BOURSE, C'EST DIRE.
39

REGARDE, ILS SONT TOUS SI JOYEUX!
TU CROIS QUE ÇA VA DURER? QUAND ILS SAURONT QUE TU VEUX LES EMMENER À BURIEN...
...AVEC TOUTES LES MAUVAISES NOUVELLES QUE NOUS EN AVONS.
BURIEN?
ELLE VEUT QUE NOUS ALLIONS À BURIEN? AI-JE BIEN ENTENDU, MONSIEUR PIRELLO?
SANS AUCUN DOUTE, MAÎTRE RODRIGO.
POURQUOI DIABLE VEUX-TU NOUS ENTRAÎNER DANS CET ENFER, LA ROUQUINE?
GLOUP
JE CROIS QUE TU LEUR DOIS QUELQUES EXPLICATIONS, LUNE.
40

JE...
...JE SOUHAITE QUE NOUS NOUS RENDIONS À BURIEN, CAR SOUS PRÉTEXTE D'Y DONNER UN SPECTACLE, NOUS POURRIONS PÉNÉTRER DANS LE CHÂTEAU OÙ MON PÈRE EST RETENU PRISONNIER.
ENFIN...
... SI VOUS M'AIDEZ, JE POURRAI PEUT-ÊTRE...
... LE FAIRE SORTIR DE SA GEÔLE FROIDE, SOMBRE ET HUMIDE.
(HUM, JE NE PENSE PAS QU'ELLE ARRIVERA À LES CONVAINCRE.)
C'EST DE LA FOLIE, LUNE.
BURIEN VIENT DE CONNAÎTRE UNE INVASION SANGLANTE, SES TERRES SONT EN FLAMMES...
...QU'IRAIT FAIRE UN CIRQUE DANS UN TEL ENDROIT?
(ON DIRAIT MÊME QU'ILS VONT RÉUSSIR À LA FAIRE RENONCER.)
NOUS FERIONS MIEUX DE NOUS DIRIGER VERS CARTÈS, OU LA LOUISIE...
... BREF, DES ENDROITS RICHES ET PACIFIQUES.
ABSOLUMENT! SI DANS UN TROU PERDU COMME LA MARCHE, OÙ SE RÉFUGIENT TOUS LES MISÉREUX, NOUS ARRIVONS À GAGNER AUTANT EN UNE SEULE REPRÉSENTATION...
...À CARTÈS OU EN LOUISIE, NOUS SERONS MILLIO-NAIRES!
C'EST LA VOIX DE LA RAISON, LUNE.
OUI, JE SAIS, MAIS...
(JE DOIS AGIR MAINTENANT!)
... JE DOIS ABSOLUMENT SAUVER MON PAPA ET... ET...
OOOOHH!
47

AAAH!
J'AI MAL!
BOOUU!
SNIF!
SNIF!
BOOUU!
...JE NE SAIS PAS SI JE POURRAI VIVRE SANS LUI.
SNIF
MMM
ALLEZ, NE PLEURE PAS, MA PETITE.
LE FAIT EST QU'AVEC TOUS CES MALHEURS, LE PEUPLE DE BURIEN DOIT ÊTRE BIEN TRISTE...
...ET QUOI DE MIEUX POUR LEUR CHANGER LES IDÉES QU'UN BON SPECTACLE DE CIRQUE?
EXCELLENTE IDÉE. EN ROUTE POUR BURIEN, LES GARS!
SÈCHE TES LARMES, LUNE. TU NOUS FAIS TROP DE PEINE.
VOUS ÊTES TOUS BIEN GENTILS.
SNIF!
(JE CROIS QUE JE N'AI JAMAIS AUSSI BIEN FAIT DE PINCER QUELQU'UN.)
IL Y A UNE SEULE CHOSE QUE JE DOIS VOUS DIRE.
QUOI?
JE NE POURRAI SAUVER MON PÈRE QUE SI VOUS ACCEPTEZ DE DEVENIR MES SOLDATS.
GLOUP.
?
NOUS, DES SOLDATS?
?
?
ÇA A L'AIR BIEN!
GRACK
42

TU VAS MORDRE LA POUSSIÈRE, CHEVALIER D'OPÉRETTE!
TUM TUM
C'EST CE QU'ON VA VOIR!
TUM TUM TUM
EN GARDE, MISÉRABLE!
C'EST TOUT CE QUE TU SAIS FAIRE, SALE BÊTE?
GROUF!
PRENDS ÇA! ET ÇA! ET ÇA! CHAT GALEUX!
PIC PIC PIC
ALORS, MES MINOUS, ON PASSE AUX CHOSES SÉRIEUSES?
WAOW
FFFFFFooo
JE SUIS DÉSOLÉ D'AVOIR DÛ TE PINCER POUR LES CONVAINCRE.
OH, ÇA. CE N'ÉTAIT RIEN...
...À CÔTÉ DE CE QUE BRAN M'A FAIT. REGARDE UN PEU CE BLEU.
CRASH
PLUM
TRONC
QUE FAITES-VOUS LÀ, MES MINETS? QUELQU'UN M'A FRAPPÉ?
GENTIL, L'OURS, GENTIL. DU CALME.
PRENDS ÇA!
OUILLE! EN PLEIN DANS L'ŒIL!
43

HEUREUSEMENT QUE SCATOR AVAIT CE CHARIOT ET UN BŒUF.
OUI. JE NE M'IMAGINAIS PAS JOUER LES PORTEURS.
OUF.
JE CROYAIS QUE BURIEN ÉTAIT PLUS PRÈS.
ARRÊTE DE TE PLAINDRE, BERTILLE. NOUS Y SOMMES PRESQUE.
CE COURS D'EAU MARQUE LA FRONTIÈRE.
NOUS NOUS REPOSERONS QUAND NOUS L'AURONS TRAVERSÉ.
HÉ, VOUS! OÙ CROYEZ-VOUS ALLER?
44
ENFIN, S'ILS NOUS EN LAISSENT LE TEMPS.
GASP!

J'EXIGE UNE RÉPONSE, RUFFIANS!
LAISSEZ-MOI VOUS EXPLIQUER, NOBLE CAPITAINE...
(ANTOLIN! IL NE FAUT PAS QU'ILS NOUS VOIENT!)
(SÛREMENT PAS. ILS POURRAIENT NOUS RECONNAÎTRE!)
...SI C'EST NOTRE DESTINATION QUE VOUS VOULEZ CONNAÎTRE, C'EST TRÈS SIMPLE: NOUS ALLONS À BURIEN. JE CROIS QUE NOUS SOMMES DANS LA BONNE DIRECTION, NON?
TOUT À FAIT. MAIS CETTE TERRE N'EST PAS ACCUEILLANTE ENVERS LES ÉTRANGERS ET JE VEUX SAVOIR POURQUOI VOUS ÊTES ICI.
(JE PRENDS L'AFFAIRE EN MAIN, LES ENFANTS. PAS DE PANIQUE.)
C'EST TRÈS SIMPLE, PUISSANT SEIGNEUR. NOUS SOMMES UNE TROUPE D'ARTISTES AMBULANTS...
(HÉ, BERTILLE ET LE FUNAMBULE! VENEZ NOUS DONNER UN COUP DE MAIN!)
...LE GRAND CIRQUE DES FRÈRES RIPLEY!!!
DE QUI PARLEZ-VOUS?
MESSIRE... JE CROIS QU'ILS CACHENT QUELQUE CHOSE DERRIÈRE LE GROS TYPE.
(NOUS DEVONS NOUS DÉBROUILLER POUR QUE LUNE ET ANTOLIN CHANGENT DE TÊTE, ET VITE!)
OÙ ÇA?
LÀ.
EMINENTISSIME CHEF DE TROUPE... JE VOUS PRÉSENTE LES FRÈRES RIPLEY...
45

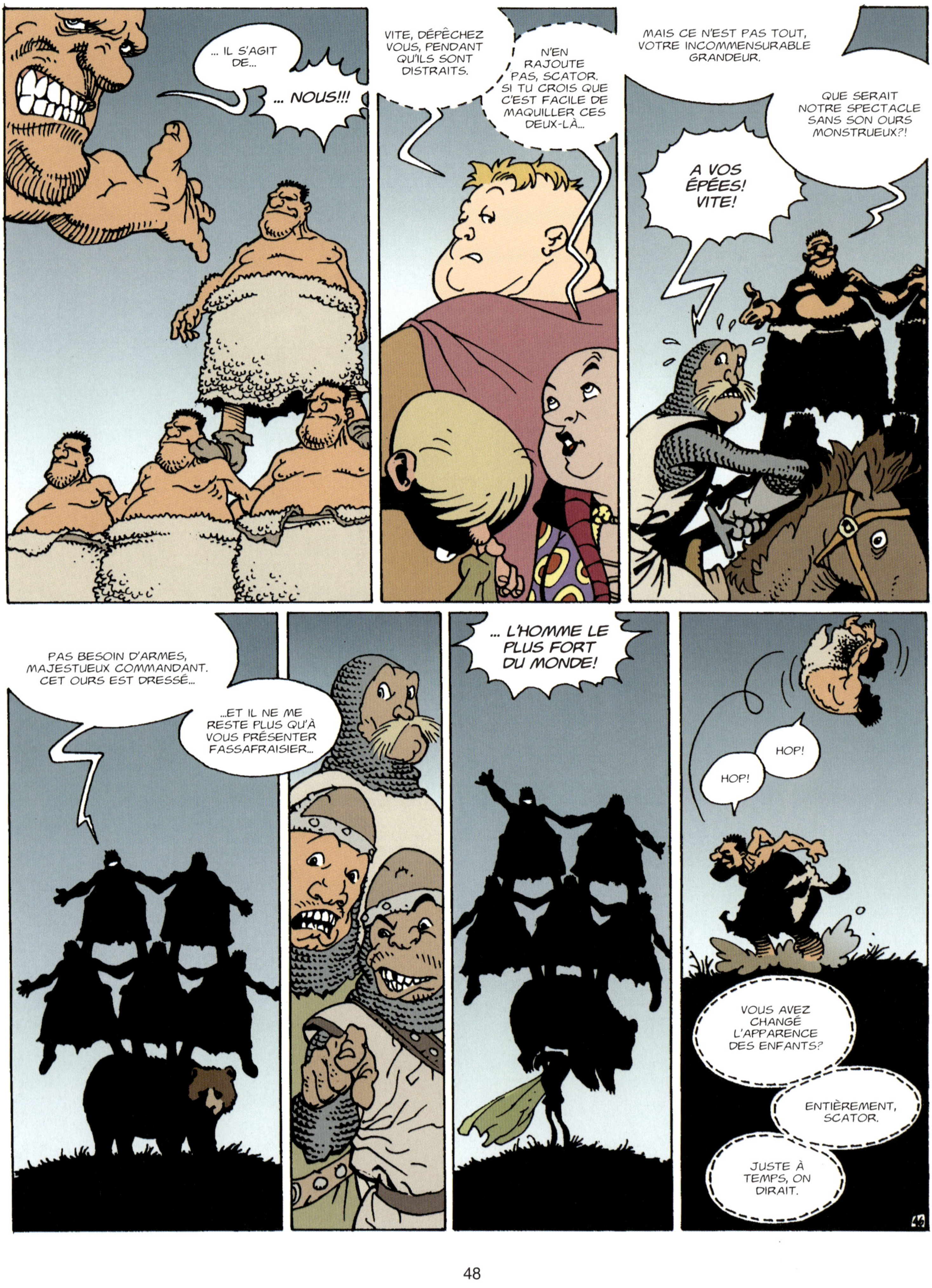

... IL S'AGIT DE...
... NOUS!!!
VITE, DÉPÊCHEZ VOUS, PENDANT QU'ILS SONT DISTRAITS.
N'EN RAJOUTE PAS, SCATOR. SI TU CROIS QUE C'EST FACILE DE MAQUILLER CES DEUX-LÀ...
MAIS CE N'EST PAS TOUT, VOTRE INCOMMENSURABLE GRANDEUR.
QUE SERAIT NOTRE SPECTACLE SANS SON OURS MONSTRUEUX?!
A VOS ÉPÉES! VITE!
PAS BESOIN D'ARMES, MAJESTUEUX COMMANDANT. CET OURS EST DRESSÉ...
...ET IL NE ME RESTE PLUS QU'À VOUS PRÉSENTER FASSAFRAISIER...
... L'HOMME LE PLUS FORT DU MONDE!
HOP!
HOP!
VOUS AVEZ CHANGÉ L'APPARENCE DES ENFANTS?
ENTIÈREMENT, SCATOR.
JUSTE À TEMPS, ON DIRAIT.

REMARQUABLE PERFORMANCE.... MAIS L'UN DE MES SOLDATS ME DIT QUE...
...VOUS CACHEZ QUELQU'UN DERRIÈRE CE MASTODONTE!
COMMENT DONC? ENFIN...
MAIS...
... OH...
...NOTRE PETITE SORCIÈRE AFRICAINE ET SON OURSON DRESSÉ SONT TRÈS TIMIDES. VEUILLEZ LEUR PARDONNER, SEIGNEUR.
VOUS ÊTES SÛRS DE NE RIEN CACHER D'AUTRE?
NON, IL N'Y A PLUS RIEN ICI.
PUIS-JE VOUS POSER UNE QUESTION, O BRAVE COMMANDANT DE CETTE TERRIBLE ARMÉE?
LAQUELLE?
VOTRE EXCELLENCE NOUS AUTORISE-T-ELLE À ALLER DIVERTIR CES TERRES AVEC NOS ACROBATIES?
47

JE SUPPOSE QUE OUI.
OH, MILLE MERCIS. VOUS ÊTES SI GÉNÉREUX.
MAIS AVANT...
... JE VOUS DEMANDERAIS DE BIEN VOULOIR JOUER VOTRE SPECTACLE DEVANT MON MAÎTRE, LE SEIGNEUR DE LÉONA, QUI DEMEURE DANS LA FORTERESSE DE BURIEN.
GLOUP
GLOUP
CETTE PERRUQUE QUE M'A DONNÉE BERTILLE EST PLEINE DE PUCES.
SCRACH
SCRACH
CETTE PEAU D'OURS EST MANGÉE PAR LES MITES, ET MOI AVEC.
SCRACH
SCRACH
C'EST DÉGOÛTANT!
48

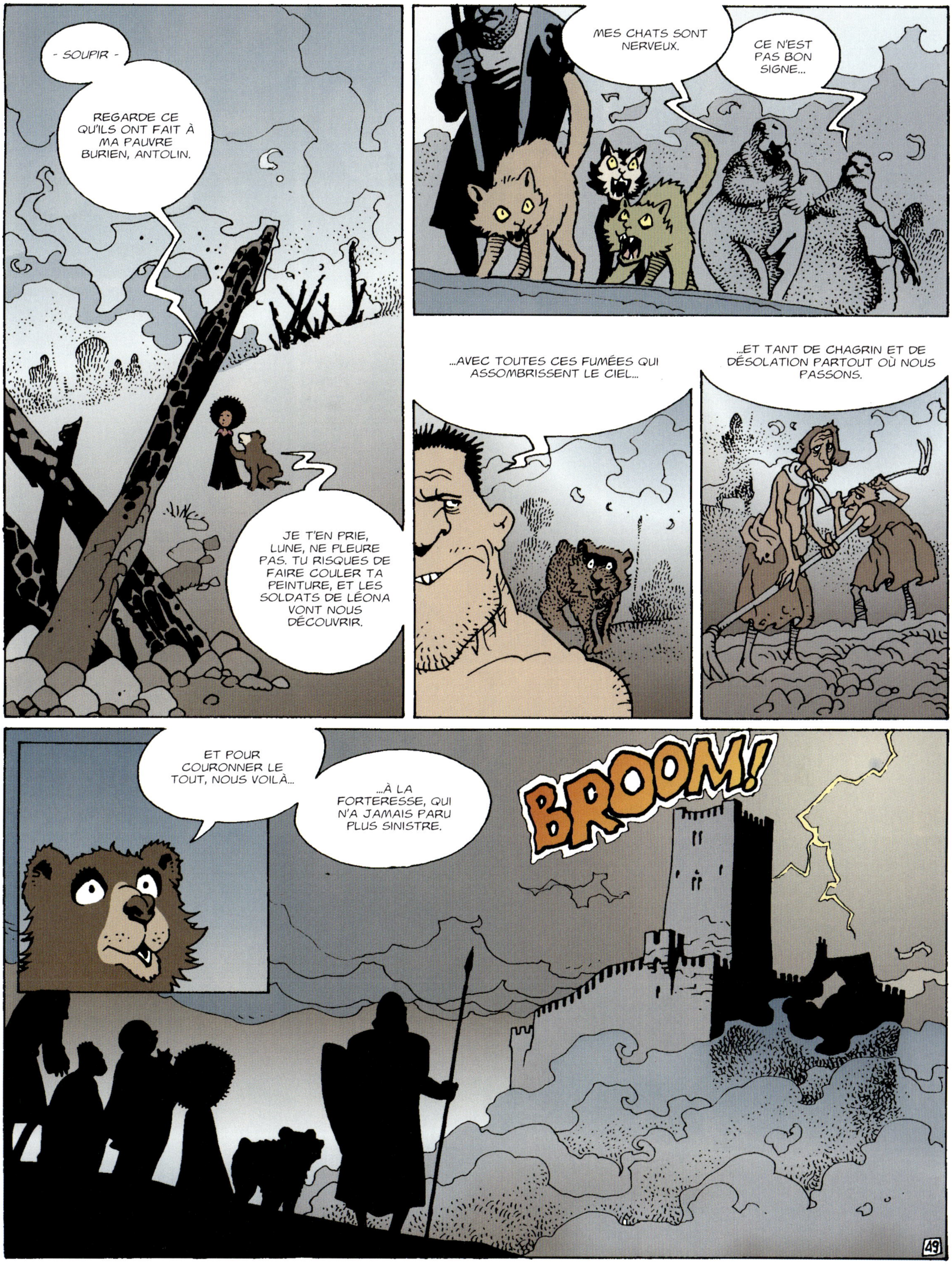
- SOUPIR -
REGARDE CE QU'ILS ONT FAIT À MA PAUVRE BURIEN, ANTOLIN.
JE T'EN PRIE, LUNE, NE PLEURE PAS. TU RISQUES DE FAIRE COULER TA PEINTURE, ET LES SOLDATS DE LÉONA VONT NOUS DÉCOUVRIR.
MES CHATS SONT NERVEUX.
CE N'EST PAS BON SIGNE...
...AVEC TOUTES CES FUMÉES QUI ASSOMBRISSENT LE CIEL...
...ET TANT DE CHAGRIN ET DE DÉSOLATION PARTOUT OÙ NOUS PASSONS.
ET POUR COURONNER LE TOUT, NOUS VOILÀ...
...À LA FORTERESSE, QUI N'A JAMAIS PARU PLUS SINISTRE.
BROOM!
49

GLOUP
(APPROCHER DE CETTE GRILLE ME DONNE L'IMPRESSION...)
(... DE PÉNÉTRER...)
(... DANS LA GUEULE DU LOUP.)
CLANG
BROOM
BONNES NOUVELLES, MON SEIGNEUR!
VOYEZ! APRÈS TANT DE COMBATS, NOUS TENONS ENFIN UNE DIGNE RÉCOMPENSE!
UN VÉRITABLE CIRQUE, QUE NOUS AVONS INTERCEPTÉ À LA FRONTIÈRE!
BIEN. VOILÀ DE QUOI RÉJOUIR NOS TROUPES...
...SURTOUT DEPUIS QUE LES DEUX COMÉDIENS QUE NOUS AVONS CAPTURÉS PRÉCÉDEMMENT SE SONT ENFUIS.
QUOI?
50

HUM...
ET QUI EST DONC CE PETIT OURS QUI LES CONNAÎT SI BIEN?
THÉO ET CROCKER NE SONT PLUS LÀ? CE N'EST PAS POSSIBLE!
VOYONS.
GLOUP
JE M'EN DOUTAIS! LE JEUNE GARÇON QUI LES ACCOMPAGNAIT!
TAP TAP
NE LE LAISSEZ PAS S'ENFUIR!
MON SEIGNEUR! REGARDEZ PAR ICI!
LA PETITE NÉGRESSE! ELLE SE DÉCOLORE!
MAIS C'EST...
...LA FILLE DE MON PRISONNIER!
SAISISSEZ-LA!
K-BROOK
51

VIENS ICI!
NON!
OUILLE!
FAITES VENIR LES ARCHERS! SI CES ENFANTS REFUSENT DE SE RENDRE...
...ABATTEZ-LES SANS PITIÉ!
DANS LA MESURE OÙ NOUS SOMMES LES SOLDATS DE LA PETITE LUNE, NE DEVRIONS-NOUS PAS NOUS EN MÊLER, MAÎTRE FASSAFRAISIER?
JE NE SAIS PAS, DAME BERTILLE. QU'EN DITES-VOUS, HONORABLE SCATOR?
HUM.
OUI, JE CROIS QUE LE MOMENT EST VENU, MES AMIS.
52

QUI DEVRAIT COMMENCER? JE M'EN REMETS À VOTRE SAGACITÉ, SCATOR.
A VOUS L'HONNEUR, FASSAFRAISIER. SI VOUS LE VOULEZ BIEN...
CE SERA UN PLAISIR.
NOTRE PRIORITÉ DEVRAIT ÊTRE D'ÉLIMINER LES ARCHERS.
BRILLAMMENT OBSERVÉ, TRÈS CHER.
RUMBLEEEE
CELA VOUS CONVIENT-IL?
53

AU-DELÀ DE TOUTE ESPÉRANCE!
VOUS... VOUS AVEZ VU?
FINISSEZ-EN!
UN PETIT CASSE-DALLE, SCATOR?
S'IL VOUS PLAÎT.
A L'ATTAQUE!
UN PEU DE RETENUE, MESSIEURS!
POING
ILS N'ONT PAS D'ARMES! TUEZ-LES!
A VOTRE TOUR, MES MINOUS!
FCH
FCH
FCH
FCH

FSSSS
MEAOOW
GROOAAR
HO HO!... QUELLE DÉBANDADE!
ATTENTION, SCATOR!
OUF! JUSTE À TEMPS!
MES FRÈRES, NOUS AVONS UN FRANC-TIREUR PAR LÀ-BAS!
HOP!
HOP!
C'EEEEST PARTI!
PLOCH
PLOCH
?
BIEN, PROBLÈME RÉSOLU.
POC!
DU BALAI, MISÉRABLES!
REGARDE-MOI CELUI-LÀ! IL S'ENFUIT, LE VILAIN CAFARD.
JE CROIS QUE JE LE CONNAIS...
JE M'EN VAIS À LÉONA CHERCHER DES RENFORTS SUR-LE-CHAMP!
55

C'EST LE FILS DU SEIGNEUR DE LÉONA!
IL VAUDRAIT MIEUX NE PAS LE PERDRE DE VUE.
EUH... OUI.
ALLEZ, ANTOLIN, VA LE CHERCHER.
AAAAAAAH
AAAAA
AAAAAAA
VAINCU SANS COMBAT!
BIEN VISÉ, FASSAFRAISIER!
PLUS PERSONNE NE BOUGE!!! CETTE PLAISANTERIE A ASSEZ DURÉ!!!
RENDEZ-VOUS OÙ JE LUI TRANCHE LA GORGE!
56

JE SUIS SÉRIEUX. AU MOINDRE GESTE, J'ENVOIE SA TÊTE ROULER SUR LE SOL!
AAH!
C'EST ÇA! LAISSEZ VOS MAINS LÀ OÙ JE PEUX LES VOIR!
D'ACCORD. DE GRÂCE, NE LUI FAITES PAS DE MAL.
NOUS FERONS TOUT CE QUE VOUS DITES.
NOUS TE SAVIONS MALÉFIQUE, SEIGNEUR DE LÉONA...
...MAIS PAS AU POINT DE MENACER DE MORT UNE FILLETTE SANS DÉFENSE.
J'ENTENDS DES VOIX.
QUI EST LÀ?
NOUS, POURCEAU INFÂME.
ET QUE LES POURCEAUX, QUI VALENT BIEN MIEUX QUE TOI, NOUS PARDONNENT.
AAH! MES YEUX!
DÉLIVREZ-MOI DE CES BÊTES!
PIRELLO, RODRIGO... LAISSEZ-LE MOI, S'IL VOUS PLAÎT.
AVEC PLAISIR, MAÎTRE FASSA...
...FRAISIER.
PRÊT, SCATOR?
PRÊT.
57

A VOUS, LES FRÈRES RIPLEY!
TCHAAAAY
JE L'AI.
ET MAINTENANT, MÉPRISABLE VER, DIS À TES HOMMES DE LÂCHER LEURS ÉPÉES, COUTEAUX, ARCS, FLÈCHES ET AUTRES CURE-DENTS...
...OU C'EST MOI QUI TE LÂCHE.
NOON!
PAS ÇA, PAR PITIÉ!
VOUS TOUS, LÂCHEZ VOS ARMES! C'EST UN ORDRE. NOUS NOUS RENDONS, SOLDATS DE LÉONA!
BIEN.
TRÈS BIEN.
58

VOILÀ, LUNE. QUE DEVONS-NOUS FAIRE D'EUX, MAINTENANT?
QU'ILS S'EN RETOURNENT SUR LEURS TERRES, FICELÉS COMME DES POULETS.
ET QU'ILS NE MONTRENT PLUS JAMAIS LEUR NEZ ICI.
VOUS AVEZ ENTENDU LA PETITE...
AU PAS DE COURSE!
IL NE RESTE QU'UNE CHOSE À FAIRE... LA PLUS IMPORTANTE.
59

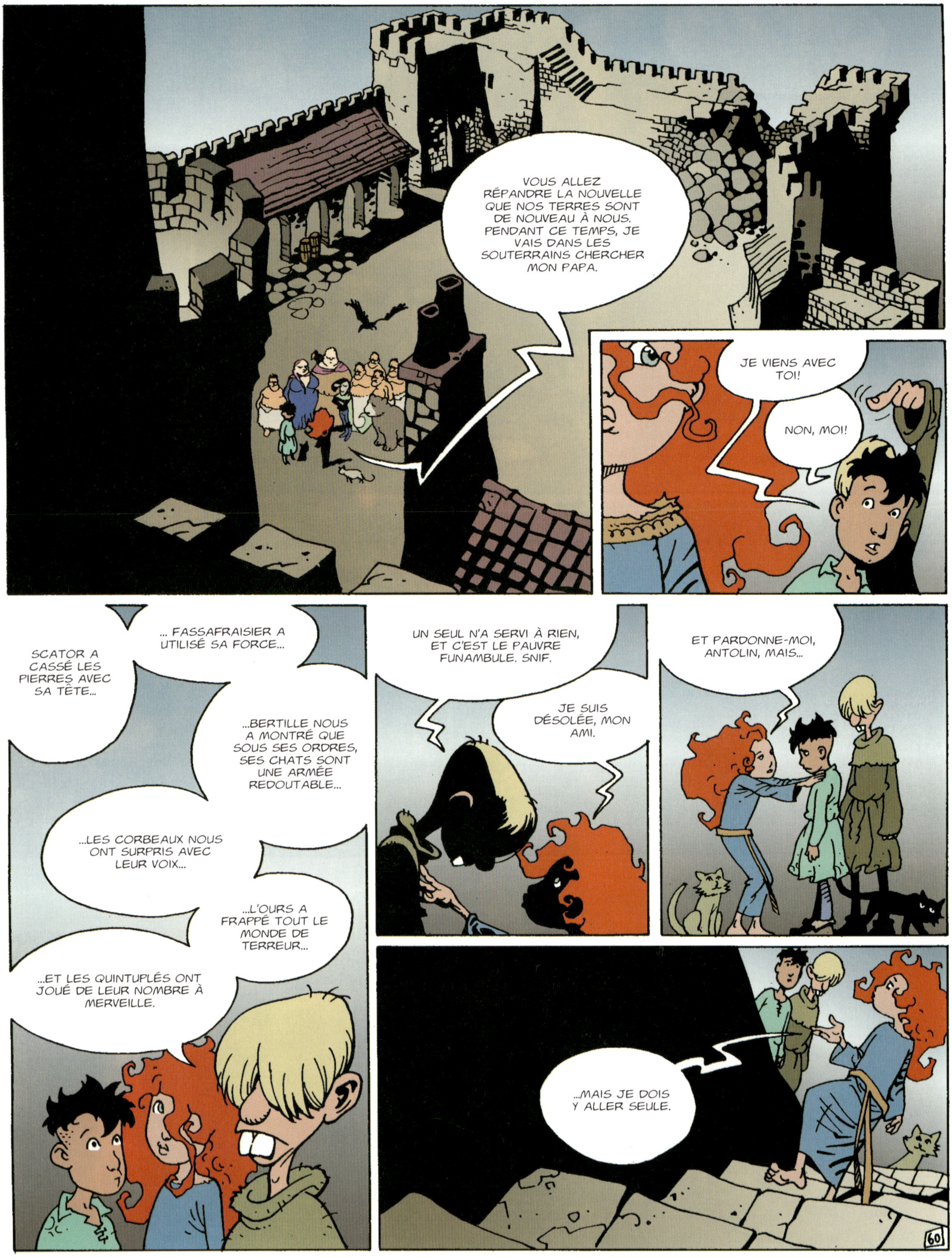
VOUS ALLEZ RÉPANDRE LA NOUVELLE QUE NOS TERRES SONT DE NOUVEAU À NOUS. PENDANT CE TEMPS, JE VAIS DANS LES SOUTERRAINS CHERCHER MON PAPA.
JE VIENS AVEC TOI!
NON, MOI!
SCATOR A CASSÉ LES PIERRES AVEC SA TÊTE...
... FASSAFRAISIER A UTILISÉ SA FORCE...
...BERTILLE NOUS A MONTRÉ QUE SOUS SES ORDRES, SES CHATS SONT UNE ARMÉE REDOUTABLE...
...LES CORBEAUX NOUS ONT SURPRIS AVEC LEUR VOIX...
...L'OURS A FRAPPÉ TOUT LE MONDE DE TERREUR...
...ET LES QUINTUPLÉS ONT JOUÉ DE LEUR NOMBRE À MERVEILLE.
UN SEUL N'A SERVI À RIEN, ET C'EST LE PAUVRE FUNAMBULE. SNIF.
JE SUIS DÉSOLÉE, MON AMI.
ET PARDONNE-MOI, ANTOLIN, MAIS...
...MAIS JE DOIS Y ALLER SEULE.
60

GLOUP
(JE COMMENCE À ME DIRE QUE CE N'ÉTAIT PAS UNE SI BONNE IDÉE, APRÈS TOUT.)
(ET JE N'AI PAS D'ARMES.)
(ENFIN, PAS TOUT À FAIT.)
J'AI TOUJOURS LES CADEAUX DES AMIES DE MAMAN, LES FÉES)
(VOYONS S'ILS PEUVENT M'ÊTRE UTILES À QUELQUE CHOSE.)
(LA PLUME DE DOUCE NUIT, PAR EXEMPLE.)
(JE FERAIS MIEUX DE LUI RÉGLER SON COMPTE VITE FAIT...)
(... JUSTE APRÈS UNE BONNE SIESTE.)
61

(HUM. LA PETITE CLOCHE POUR ATTIRER LES CRÉATURES AILÉES.)
ZRON
RRN
RRN
(BAH)
TIN TILIN
TLIN
(JE ME DEMANDE CE QU'ELLE POURRAIT BIEN ATTIRER DANS CETTE OBSCURITÉ.)
(OH, ET J'AI TOUJOURS LA PIERRE QUI ME PERMET DE PARLER À PAPA.)
(MAIS EST-CE QU'IL PEUT VRAIMENT M'ENTENDRE?)
JE TE PARLE DEPUIS LES CAVES DU CHÂTEAU. OÙ ES-TU, PAPA?
LUNE! MA FILLE! JE SUIS LÀ!
HUMM
62

(IL ME RESTE D'AUTRES CADEAUX DES FÉES. VOYONS.)
(MAIS BIEN SÛR! LE PETIT OS PASSE-PARTOUT.)
(ÇA VA MARCHER?)
(ON DIRAIT QUE OUI.)
PAPA?
LUNE!!
LUNE, MA CHÉRIE...
JE NE POUVAIS PAS ME RÉSOUDRE À NE PLUS TE REVOIR, MA FILLE.
- SMACK -
JE SUIS SI HEUREUX...
MOI AUSSI, PAPA...
... JE T'AIME SI FORT...
- SMACK SMACK -
63

COMMENT AS-TU FAIT POUR REPRENDRE NOS TERRES?
RASSEMBLER UNE ARMÉE POUR AFFRONTER CES DÉMONS DE LÉONA N'A PAS DÛ ÊTRE CHOSE AISÉE.
ZRON
BRN
RACONTE-MOI.
EN FAIT, ÇA'URA ÉTÉ PLUTÔT SIMPLE ET AMUSANT.
UN PEU COMME...
... COMME...
... COMME...
?!
... COMME ALLER AU CIRQUE.
(TOUT LE MONDE A SERVI À QUELQUE CHOSE SAUF MOI. SNIF.)

CHERS AMIS, JE TIENS À VOUS DIRE QUE...
...CETTE JOURNÉE AURA ÉTÉ DES PLUS AGRÉABLES.
UN GRAND MERCI À TOUS. BURIEN EST DE NOUVEAU LIBRE, ET COMME SI CELA NE SUFFISAIT PAS...
...J'AI RETROUVÉ MON PÈRE VIVANT ET EN BONNE SANTÉ.
QUE DIS-TU, BRAN?
C'EST VRAI. IL EST NON SEULEMENT SORTI DE PRISON, MAIS IL S'EST AUSSI LIBÉRÉ DU TERRIBLE FARDEAU QUI PESAIT SUR SON CŒUR.
C'EST À TOI QUE JE LE DOIS, MA FILLE.
AINSI QU'À VOUS, VAILLANTS SOLDATS DE LUNE ROUGE, QU'À PARTIR DE CE JOUR JE NOMME CHEVALIERS DU PAYS DE BURIEN.
CHEVALIERS?
NOUS?
ÇA SONNE BIEN.
AVEC UN TITRE PAREIL, TOUTES LES FILLES VONT NOUS REGARDER D'UN AUTRE ŒIL.
OUAIS!
MAIS... DEUX D'ENTRE NOUS ONT L'AIR BIEN TRISTE.
POURQUOI CE CHAGRIN?
65

TOUT LE MONDE A CONTRIBUÉ À LA VICTOIRE EN UTILISANT SES TALENTS...
...TOUT LE MONDE SAUF MOI, LE FUNAMBULE.
ALORS, ÇA VEUT DIRE....
...QUE JE NE SERS À RIEN?
SNIFF
BIEN SÛR QUE NON.
TU ES LE PLUS IMPORTANT DE TOUS.
LE SEUL CAPABLE DE MONTER TOUT LÀ-HAUT POUR DÉCROCHER LE DRAPEAU DE L'ENNEMI...
....ET PERMETTRE AUX COULEURS DE BURIEN DE FLOTTER À NOUVEAU.
SPLENDIDE!
C'EST PARTI!
BRAVO!
HOURRA POUR LE FUNAMBULE!
66

A TOI, MON GARÇON. Y A-T-IL QUOI QUE CE SOIT QUE JE PUISSE FAIRE POUR TE REDONNER LE SOURIRE?
UNE SEULE CHOSE.
RENDEZ-MOI MES AMIS, CROCKER ET THÉO. ILS ÉTAIENT ENFERMÉS ICI, ET SE SONT ENFUIS DIEU SAIT OÙ.
HUM... TES DEUX AMIS...
ETAIENT-ILS DEUX COMÉDIENS QUI SERVAIENT À DIVERTIR LE SEIGNEUR DE LÉONA?
OUI, TOUT À FAIT. SAVEZ-VOUS OÙ ILS SONT?
QUAND J'ÉTAIS DANS MA CELLULE, J'AI ENTENDU DIRE QU'ILS S'ÉTAIENT ÉCHAPPÉS.
D'ABORD, LES ENVAHISSEURS SE SONT INQUIÉTÉS, ET PUIS...
...ET PUIS ILS ONT COMMENCÉ À S'EN MOQUER EN APPRENANT QU'ILS ÉTAIENT PARTIS VERS L'OUEST, SANS CONNAITRE LA RÉGION.
VERS L'OUEST? VRAIMENT?
VERS LES MONTAGNES QUI SÉPARENT BURIEN DU PAYS DE JAMAIS?
HÉLAS, OUI.
POURQUOI CET AIR SINISTRE?
QU'EST-CE QUE LE PAYS DE JAMAIS?
UNE TERRE DÉFENDUE.
UN ENDROIT D'OÙ PERSONNE NE REVIENT...
...JAMAIS.
67

MAIS...
... LUNE...
JE T'AI AIDÉE À RETROUVER TA MÈRE SUR L'ÎLE DES FÉES...
...ET À DRESSER UNE ARMÉE QUI NOUS A DONNÉ LA VICTOIRE.
TU NE VAS PAS M'AIDER À RETROUVER MES AMIS?
ILS SONT MA SEULE FAMILLE...
... JE...
... JE...
JE VEUX EMBRASSER CROCKER ET THÉO COMME TU AS EMBRASSÉ TON PÈRE.
OH, ANTOLIN...
... NOUS NE POUVONS PLUS RIEN POUR EUX.
TOUS CEUX QUI VONT AU PAYS DE JAMAIS N'Y TROUVENT QU'UNE FIN ATROCE.
JE M'EN MOQUE...
... C'EST LÀ QUE JE PARS MAINTENANT.
68

N'Y VA PAS, JE T'EN PRIE.
QUAND J'ÉTAIS PETITE, J'AI ENTENDU DE TERRIBLES CHOSES SUR CET ENDROIT MALÉFIQUE.
LE SIMPLE FAIT DE PRONONCER SON NOM ME TERRIFIE, ANTOLIN.
NE T'EN VEUX PAS DE NE PAS M'ACCOMPAGNER.
JE NE TE DEMANDE RIEN.
JUSTE DE NE PAS ME REGARDER PARTIR COMME SI J'ÉTAIS FOU.
C'EST TOUT.
69

FIN DU LIVRE 2